榊原喜佐子遺歌集

角川書店

榊原喜佐子遺歌集　目次

装幀　倉本　修

榊原喜佐子遺歌集

I

春

新年

老い夫（つま）を守る道一つ他を捨てむ心定めて迎ふ新年

強烈なスポットライト朱一瞬初日房総に湾を隔てて

かるたとる声もきこえず羽根をつく音もなけれど年改まる

初まうでふと知り人と気づきたり和服姿は魚屋の主

姉宮もわか背も同じ猪の年ほぐ春や「若し〱」と

ふたとせ前夫逝き去年（こぞ）は姉宮をおくりまゐらせて寒き春のよひかな

四十雀（しじふから）目白蜜すふ紅梅にさす陽さすがに春立ちしかな

あつさ弓春浅けれとうくひすの声ゆたかなり梅のはやしは

淡雪はしはし宿れり紅梅のやはき花びらしとねとはして

しら梅の白き綻び見え初めてきさらぎの庭けさは明るし

初孫の生れしきさらぎ思ひ出づ新幹線は雪の日なりし

君見ずや家こみあへる屋根をおほひしらうめさけり日ざしうらら日

こゝかしこしたれ桜のうす紅は芽ふきの里にやはらかくゆれ

黄の多き早春の花よほころむは日々のみのりのころとなりけり

こがらしの雨戸をならすそれならで春くる風の音のうれしさ

草芊々たんぽゝの黄点々花妍々風は嫋々待ちし春いま

水ぬるめば金魚めだかの浮び来て見えかくれする藻も緑点(さ)し

鶯の谷わたりする高原の朝霧しとゞわらび手折れば

緋毛せん匂ふぼんぼり夢に似てひなのまつり年ごとによき

土も石も黒く光りてぬれゐたり書伏せて知る庭の春雨

とつくにの人にましりて洛北のみとりの中に妓の舞ふを見つ

木々の芽は紅にみどりに萌え初めてうらゝの光山をつゝめり

友どちと楽しむ山の春の日の暮るゝは早しけふの一日は

霧こめて越（こし）もしなのも寒げなり芽ぶきもおそき山かひの木々

風つめたく北くにの雪をおきたるか暖冬の早春着かさねてをり

渓川はしぐれて暗し過ぎし野はさつきの光まぶしかりしに

生くるとはすばらしきかな皐月晴れ緑に浸り老い夫とゐる

夏

庭先のかほちやに大き黄なる花みとりの玉の上に咲きいつ

しづかさは初夏のみどりの輝きをうちに秘めたる城下町かな

都にもせめてひと声ほとゝきす来なく淋しき夏のねさめに

アマリリスの真紅のラッパ上向きて何をか鳴らす薫風の中

恋しきは蛍のとびし神田川きしの小草のゆるゝかげさへ

夕やみのにはにましろく浮きいてゝかをりも高き山ゆりの花

露ふくむぎぼしの花も羽重き黒きあげはも地につかむとす

月見草ほのけき朝け瀬の音も耳にさはらす湯にひたりゐて

夏雲の湧く空馳けて青すぢのあげはの羽の青きかゞやき

なつかしき友のたよりをみる朝はなつのやすみを嬉しくおもふ

蟻といふ虫もありしよこの夏は甘きものあれば家に入りきぬ

夕立の過ぎしあとには涼ありて生き返りをれば蟬も鳴き出づ

幼子は床にもくりてかみなりのこはしと耳をふたくいとしさ

雨雲は東に飛びて洗はれし山に立ちたり虹の大橋

この夏もまたひぐらしをきく頃となりて遊びし山しのび出づ

怠りをわが責むる昼の庭の蟬　残んの夏をひたむきになく

笹の葉のさやける庭はたそかれて涼しさ添ふるひくらしのこゑ

秋

虫の音のしきりとなりし葉月末暁の寝ざめに冷気かよへり

窓の灯にうき立つ木々の下かげはそゞろに深き虫の闇かな

うす赤く皆既月蝕の月ありき再びは見得ずと起きいでて見き

上は尚茜染めたる雲の峯動かすありて町は日暮れぬ

虫の音のしきりの宵やことしまた来る秋を知る八十路の坂に

山の辺は早やうつすらと紅葉してすすきしらぐドライヴはよき

ゆあみして山萩ゆるく庭を越えて月居山の峯の松見ゆ

天正の昔をしのぶ古寺の古き墓石の秋の陽に佇つ

いつことてかはらぬ秋をおもへともこの山すそにとりあつめしか

金もくせいちりしてみれはにほひたつ　つるへおとしの朱（あけ）は陽の中

思はさるところにありて目をうはふ濃き紅そめし木々うれし今日

秋の色深き山路を娘と孫と招くすゝきに誘はれて行く

秋晴れのあとの時雨の夕寒や痩せし八十路の身にしみてけり

昨日まで照りし日かげの失せてかく秋霖くらし人の世に似て

一とすちにはるかにのひて行く道も今来し道も白き月の夜

懐旧の訪れは秋霜月の一色の浜のかの白き岩

をとつひは満月に虫よべは雨今日は木枯らし病院がへり

冬

五目ずし思はせて山の彩りや関越一路冬立ちし朝

石の前すばやく走るもののありこの冬初のつぐみの訪れ

冬鳥も雀もひよもかはるぐ〲餌箱賑はし日向の昼餉に

これよりはくるか〳〵に雲おもき越の木々みな雪囲ひをり

妃も夫も逝きし師走の近つけはしろき玉かゝけ花八ツ手咲く

都にて雪ふりし朝赤き実のつぶら目兎を盆にのせたり

天地に満ちて落ちはた舞ひて飛ぶ白き雪片灯の中にあり

関川のきしの枯あし岩をかむ瀬々の波間に吸はれゆく雪

妙高も見えずひたすら横に吹く雪に田の面は見る間に白し

思ひみよなへてましろき冬山にストックかさす君とおのれと

老の身に荷をまかせつゝふみなれぬ雪の山路をわけしこそかな

奥久慈も雪とのたより都にて残りの雪の凍れる朝

凍りたる地に這ひのびて葉かげにはつぶらに赤しやぶかうじの実

こと〱と戸の鳴る音のありてなほ静けさまさる雪の夜半かな

内親王生(あ)れましし祝ふ年の瀬はなべてのあしきを消ちてうれしき

愧づること多きことしもまた暮れて枕にひびく除夜の鐘の音

II

家族

祖父母・親と縁うすき二人結ばれて孫や子といま生甲斐の日々

太々と夫書く「孤雲無㆓自心㆒」見上ぐる空ゆふる蟬しぐれ

子の為に蟬とる父もいとけなき昔の事や目に浮ふらむ

さまざまのこと知りゆけり背のつとめかはる度ごと辛き度ごと

魚好きの夫へのみやげ新しき干ものあれこれ選び定めつ

愛娘（まな）のとつぐ日近く盃の数ふえし夫（つま）のびんに白きもの

孫にならなべて惜しまぬぢぢの君見すかされつゝ尚甘きかな

選挙戦共に山ゆきし人はみな逝きて老い夫といでゆに泊る

乱気流起る高層ビルにして夫は見しとふ狂ひ降る雪

老いるとはさびしききはみ　かのころのシャープなりし夫（つま）いづくにか消ゆ

病室をソッとのぞきて安らかな夫の寝顔にソッと近寄る

机には向ひをれとも子の心そこにはあらす青空の下

山羊の白みとりの草の絵の中にいとしき子らもふたり遊べる

蛙の子やはり蛙と子は云ひて左ききにぞなりしこのごろ

いつまでもわか子〱とおもひしよ男らしさのそひし子なるを

霜ふみて星残る朝をひたむきに子は配達に走りゆきけり

配る子らを思ひやる身となりしかな雨風の日の新聞を手に

腹ばひて文よみてをりラグビーに腰いためたる子は長々と

ローに入れうなりて坂を上りしと車の旅を語る子たくまし

服装のみ華美となりしに驚きて子はスキーより帰り来りぬ

カーといはずマシンといふと子は云ひてレースのルールわれに教ふる

大宮のバイパスとばす夜の車中　子のしまる唇（くち）をミラーに見つつ

バックする度に車の傷ふえぬ子にあやまりて小さくなるなり

虫の音のしげき夜更けに帰り来し子のほろよひの声をまくらに

嫁ぎたる姉とさとなる弟の言ひ交すさま昔のまゝに

まなびやに手をとり行きし姉おとゝ今奈良の夜に何を語らふ

息子

就職を祝ひて姉の送り来し包みとく手のもどかしげなる

嫁とよふひとのいつかは此の家に加はる思ひて子と語り居り

こづかひをはたきて若きをぢは買ふ幼き姪に大き人形

母なればとつぎし子への文の度かの母にただつくせよと書く

姑（はは）のため日ごとつくしてやせし娘（こ）をいたはり見るやわれ生みし母

嫁ぎたる娘（こ）も六年目大阪の庭より分けしハマユフの咲く

苦しみは心の奥にとめおきて笑顔にくらす娘となりにけり

口あけば孫のかはいさ嫁とりの話ははづむわれら五十路に

二十年の月日をこえて睦じく妹背の道の幸つゞけかし

嫁ぎゆきし娘に持たせたる雛さへも三十年近し娘も母にして

十時すぎの夜間電話の声うれし奈良の娘は先づ無沙汰わぶ

八ヶ月赤子の意志は柔かきその身をそらせて物とらむとす

新大阪新幹線のすべりこむホームにゐたり孫と娘は

「奈良の孫悧口」と云へばわがむすこ「そをババァバカといふなり」と云ふ

電話

受話器には「今ねるとこ」と孫の声「着かえてたの」と浮ぶその様

一つ一つ物わかりきてをさな子はだゝをこねては母を迷はす

声あげて「ママ泣かないで」と泣く孫のガーゼ目にしむ処置室の朝

「万博の案内して」とぢゞ云へば「広くてわかンない」と孫困る声

嬉々として池の飛石飛びわたり子の赤き服植込みに消ゆ

母と子と孫と緑茶をすふ寺や大和の昼は心のとけく

かまくらの大仏のみ顔やさしくて奈良のはきつしと孫は云ひけり

「幼稚園の敬老の日に来て」といふ孫に説き云ふ「われ老ならず」と

アメリカの一番よきはと問ひければ学問の自由と孫答へけり

とつ国へ「じゃァね」と大トランク引っぱりて振りむきもせず駅に入る孫

榊神社

我に代り茶会に行きし娘二人の神社境内の席をし思ふ

父君のなきも思はす生ひたちし母のみ情いましのふかな

母君を中にかこみていもうといねつる夜さへなつかしきかな

あねいもとみたり揃ひて京の宿に目ざむをかしさめつらかなこと

御祖（みおや）

四百年続きし家ぞ家臣らのあつき心の支へありてこそ

榊神社にて

遠つおやまつれる宮に遠き世の史しのびつつ圓座に坐しぬ

天崇寺御墓所

高松宮御初代の妃の鎮まりますみ寺訪ひたり鈴虫なく朝

美しくありし尼僧は退けどみ寺は変らず読経聴きける

三代の祖(そ)より八代の移封までえにし深き地播州姫路

恵まるゝ地なりとおもふ姫路市や北青き山南（みんなみ）に海

増井山随願寺　三代忠次公の墓　三首

石碑にも水打ちかけてぬかづけば刻める家名重し心に

大いなる石見上げつつ栄えたるみおやの世をやしのぶけふかな

国難に重きつとめの人なりしを墓は語らす百年を経ぬ

館林・高田・姫路と遠つおやのみ墓に詣でしことしはよきかな

Ⅲ

旅

伊豆諸島

打ち続くなゐいかばかり日々夜々を心も震はむ島の人々

片目なるボスの大猿年ふりて浦風寒し波勝浜辺は

水平線まろく拡ごり九十九里の波はろ〲と打ち寄するなり

海と空分くるあたりはかすみ立ちうすくつゞけり房総の山

市の長のバスのガイドに耳傾け沼をめぐりて行くも楽しき

未来都市は光と音の交錯のめまぐるしきをエキスポにおもふ

亡き人のいさを語るか江田島の白き真砂よみどり濃き松

すまのつゆもとのしつくやよの中のおくれさきたつとめし船らむ

そひえ立つ桃山城は小さき眼にいかにうつらむ画用紙を手に

栂尾の高僧の名をしのひつゝ静けき山のみとりめてたり

暗き夜の道のかたはら大き鹿ふとかげ見せぬ奈良はよきかな

うちわたす那須のしの原霧こめて谷の流れの音のみぞする

涼しさをしらぬ都の人々に分けてやりたしなすの夕風

ぜい極む遊びなるかな夏の宵長良川面に鵜飼見むとは

川の面に灯かげはゆれて静もれる夜半の長良の岸の辺の宿

火に映ゆる鵜匠のえぼし腰みのは夏の長良に見る風物詩

美濃訪へば飛騨の遠山古き城ひろき沃野に夏の雨ふる

奥久慈は昨夜（よべ）の鮎とて味はんど長良はたゞに鵜飼のみみる

山間をぬひて流るゝ久慈川の瀬に鮎つりの人かげも見ゆ

家をあげて迎ふる人のまごころの尊かりしよこの夏の夜

上りきて立ては大子の町なみも奥久慈川も一望のうち

名にし負ふ越後高田の夜ざくらやぼんぼりの灯も堀にうつりて

朝早く目ざめて窓に越の山を街の上に見る高田なつかし

葉ざくらの夕べの都発ち来しに高田の夜半はらんまんの花

江戸の世につくり出でたる飴の味今もかはらず越のたかはし

表富士めぐるハイウェイ車窓(まど)走る木かげもかすか霧こめわたる

背の君に見送られつゝ朝またき家立ち出つる日光の旅

追分や小諸も過ぎて特急の「あさま3号」夜をひた走る

軽井沢の町創立と同じきに建てしとふ家今は他人（ひと）住む

倶知安は右と立札見しあたり現はれて立つ山はえぞ富士

霧かくす羅臼硫黄の山すその断崖高し海に仰げば

啄木がさいはての町といひし町ビル立ち並ぶ釧路なりけり

湖の真青の水の底深くあるべきまりも池に浮べり

灯台の高きを仰ぎ岩礁の海ゆく船の安き祈りぬ

濃く淡くみどりほのみえつゞく野にビニールハウスチカ〳〵光る

名にし負ふ彫刀もちて老いし人の店に立寄る時の間もよし

Ⅳ

社会

京仁和寺に於ける高松宮妃喜久子殿下の追悼御法要に

紫宸殿を承くとふ国宝金堂の中なる法要つゝしみて坐す

君は若く見ゆると云ひあひたまひたるおないとしの亥の妃と夫なりしを

御退院

み車のとひら開けは若々し笑み給ふ御かほピンクの御帽子

とつぐ日に賜ひし御言忘れざりかしこまりつゝ拝し居たりし

桂なる名さへゆかしき離宮にて庭めぐりつゝ満ち足りし思ひ

李王殿下　二首

共和国の大統領の情厚しみこの礼もて葬儀したまふ

連隊を率ゐてさとに泊られし二・二六の君が思ひ出

李方子君　二首

背と御子のきづなのみにて友もなき国に住みます方子の君は

縁深き歴史をおもふ韓国にゆきませし妃よすくよかにませ

草木あり水あり田あり人家ありはてなくやさしこの国の道

国の為はるけき海にはた山に散りにし人は我より若し

美しき日の本の国ふるさとを恋ひつゝゆきし人美しき

残留の人も鬼哭の島もはた原爆も六十年経ぬ傷深く消えず

沈着な機長の処置よ日の本の男子（をのこ）とたゝふ人々の声

雨なくば水の不足を憂ふ国降れば忽ち水いづる国

北の海に働く男悲しかり着氷の船沈みしを聞く

海荒るゝ度に流れしさん橋も昔がたりよ江の島の道

若者は暴徒と化して何を為す殺人破壊に人の血は無し

物をこはし人を傷つけ若人は建設的な哲学もなく

ハイテクアルミ工場塵はゼロミクロに挑む人らふくめん

材つくる道にかけ来し三代の強き力ぞこもる工場

東日本大震災

その数字聞くたにあしき巨津波さらひゆきしかその子似の親

自然

青空にましろに湧きし雲のみね移るとみれはよする白波

こふのとり田に立ちゐしとふ嬉しさよ日本の自然蘇れかし

大自然の災害続き罪もなき人幾万の死を悼むかな

雑草とよぶ草の根の深くして命あるものの怖れをぞ知る

富士のねの上なる星座オリオンの光またたき湖(うみ)は眠れる

生クリームの菓子思はせて富士のねの淡き色かもかすむ光に

大き黒き岩落つ滝とみとりなる木々の下なるなてしこの花

昏れゆきて遠野と空を分つなくたゝ点々と小さき灯の見ゆ

中興の御祖(みおや)の植ゑし防風の海辺の松の林広けし

青虫は巧みに枝にとりつきてさなぎとなりぬかへる日やいつ

道の辺の湧き水清き日だまりに数しれぬ粒蛙の卵

美しと心ひかれし草あれど名を知らざればさびしかりけり

山すそにはるかつゞける黄みどりの竹の林の深きしづもり

回想

『一中尉の東南アジア軍政日記』出版　二首

五十年余わが手にありし君が日記いま世に出でぬかの頃を思ふ

若き日の君この著書に生きてありひたむきに南を思ひゐしころ

南の空眺めてみくにと君思ふたゞ一途なりし遠きあのころ

ほまれある大和をみなと我もまた大みいくさに夫をおくりぬ

みいくさに勝ちぬく年の冬をまつ寒さにたへてはけみてむいさ

國の為身を南海に砕くとも東亜の指針永遠に残さむ

されど君おくにのためにたたかひに海のかなたに征きてあり

南よりはるけき空をわが許にたより運ひしつはさおもひぬ

御心をつくしたまひて南より送りこされし品にうれしき

手にとりてときめく心おさへつゝ君か情の包みほときぬ

君います南はるかに此の春のおもひはもえて家は静けき

味気なき日を送りつゝひたすらに待つはいとしき子をいたくとき

君が血をつぎて生るゝみとり子を胸に抱かむ日も近づきぬ

姉君にやさしくつよく折々のいたむ心をはげまされつる

君が血をうけしいとしの子の姿ながめつしのぶ南(みんなみ)の方

いとし子よけふ父君は南よりかへり来ましぬ笑めやすかれや

都にてあつしといふもはつかしきいくさの庭のものゝふ思へは

人ふえてしはしかほとに米ひつの底見えにけりいかにかはせむ

国のうちに満つるあはれな子らを見れば黄金の山も持たばとぞ思ふ

しのゝめの明くるをひたすら求めつゝ闇路ゆくなり日の本の民

亡き夫の選挙戦早や六十年の昔となりて知る人もなし

疎開の日選挙の折のしのばれて高田なつかしその名消ゆれど

葉山　三首

砂浜に松の林にあづまやに遊びし昔や尽きせぬ思ひ

さまぐの思ひ出うかぶ一色のほとりこそわれふるさととよばむ

岩かげに小魚を追ひぬ岩の上に軍歌うたひぬ海の子なりし

仙台の澄みし青空幼な日の東京の秋に此の色を見き

なつかしき京のまちかな通りの名その時々の歴史おもひて

新宮殿拝観　昭和四十四年三月　二首

君か代を祝ふ松の間おこそかに匂ひほのけき梅の間の色

瑞雲のなひく広間に波の間にたゝに心をうはれて立つ

物にのみかたぶく世なりせめてわれら師のみ教へを忘れざらめや

滝廉太郎を

心までしみ入る曲をのこしたる君とく逝きて明治は遠し

好きなれどたまにこそよしさつま芋戦後の主食悲しかりけり

高松宮薨去

我は八つ宮御(おん)二十五の若きより経しさまざまのときを思へり

高松宮妃

癌といふ辛きやまひのそのもとをつき究めよと君つくします

寛永寺

大樹公在せし部屋の小暗さやみ寺の外は今日小春なり

第六天の邸

野分して大株すすきなべて伏す崖の上（へ）の古き幕末の平屋

真綿にて包まれ育ち「お上」なぞとよばれし暮し遠くかすみぬ

をば君の「御前ごぜん」とよびますもめづらにきゝぬ昭和の世には

大正天皇御製詩に感激して

先帝のよませ給ひし御製詩を世にひろめたし微力つくして

まなびやにうとみし理科の口をしや美しと見し名もしらぬ草

まなびやにありて読みにし同じふみも嫁ぎし今ぞおもむきはます

犬養道子さんに会ひて　二首

思はざる出あひぞうれし物を書く友憩ひゐたり京の志る幸

京の味をドイツかへりの口にせしと友笑む店は志士の住みし家

若き日よ君帰還して胸に泣くいま涙なし位牌の前に

V

暮らし

家と子をもつ身のやみてしみ〳〵と我ならてはと思ふ事多き

まんぢゆうの古き家に寄る家づとに昔の味は舌も知るらむ

征旅なる君思ひ見し月かげを六十年を経て世を隔て見る

しあはせといふ青き鳥いまこゝに安らに明き心の中に

同じこと幾十度問はれ答ふ日々時にいら立ちひそかにぞ詫ぶ

酒召してこよひも高きいびきにはよはひを思ふひゞきありけり

淋しともいかにとも云はず背も我も思ひ一つに茶の間に坐りぬ

住みにくき家と云ひつゝも朝夕をすぐす家なり心して掃く

「吾は唯足るを知る」とふつくばひの文字の絵はがき文机に貼る

祈りとは大き力に跪き己れの無力知ることにして

故しらぬはげしき疲れ堪へ来しが目よりと知りぬ老の目となる

古きこと書き留めおかむ生くるうちに我が思ひ深し過ぐる日は疾し

上越市

紙一枚歴史の重みいと重し新築図書館古文書守る

とくいらふ月日は人のなきあとのしのふおもひもいまたかわかぬに

古きこと知れる人々さなきだに減りてさびしき此の日ごろかな

買物に出づるを知りて飼犬は早や落ちつかず我が動き追ふ

一と口目ひやりと冷えて甘かりきゆあみのあとのメロン一切れ

サウナ風呂いでて水浴むよろこびに週に一度を待つわれとなり

絵筆とり白紙にむかひ墨色の濃淡たしかむひと筆の悦

小夜ふけて絵筆動きぬ興のりて時計の音もリズミカルにて

いたづらに三十一文字を並べたりうたとは遠きものとおもひぬ

師の点てしうす茶の味にこの道の深きをおもふ昼下りかな

まゝごとの如き煎茶のお点前の座の静けさやあやめ一輪

中国の「香妃」の舞台心うつものゝありけり演出もよき

歌舞伎十八番「鳴神」

空もさき地もゆるかしてなるかみのとゝろく声に雨も競ひぬ

球形の真中にありて聴くといふ電子音楽のひゞきしのびつ

立ちどまりあかず眺むる月の石月の世界は今身近にて

宇宙よりみれば短き一生も歩み辿れば長き人の世

あとがき

母亡きあと片付けをしておりましたら、短歌、作文などたくさんの書きつけが出てまいりました。かれこれ段ボール三個分はあったでしょうか。

少しずつ眼を通しておりますうち、これらをすべて処分してしまうのは惜しい、せめて短歌だけでも何かの形で残しておけないか、そう思うようになりました。

夥しい数の歌の整理は素人の身には予想以上の困難で、たいそう手間取りましたけれど、今般角川文化振興財団とご相談のうえ、母の思い出の短歌集としてまとめることができました。

ただ、「恥ずかしい、何をするの」、天上から、そんな声も聞こえてくるような気もいたします。

書くことが何より好きだった母、「一日中机に向かって書いていたい」、「家事は嫌い」と言い続けておりましたことを思い出します。

この歌集を、亡き母の姿、生き様の一部としてお読みいただければ幸せに存じます。

二〇二〇年九月吉日

榊原光子

著者略歴

榊原喜佐子（さかきばら　きさこ）

1921（大正10）年、東京小石川第六天町の徳川慶喜家に一男四女の三女として生まれる。父は慶久、母は有栖川宮家から嫁した実枝子、姉は高松宮妃殿下喜久子様。女子学習院を経て、1940（昭和15）年、越後高田藩の元譜代大名、榊原家の第16代当主、榊原政春氏と結婚。一男一女を授かる。2013（平成25）年、逝去。著書に『徳川慶喜家の子ども部屋』『殿様と私』『大宮様と妃殿下のお手紙　古きよき貞明皇后の時代』などがある。

さかきばらきさこいかしゅう
榊原喜佐子遺歌集

2020（令和2）年10月25日　初版発行

著　者　榊原喜佐子
発行者　宍戸健司
発　行　公益財団法人 角川文化振興財団
〒359-0023 埼玉県所沢市東所沢和田3-31-3
ところざわサクラタウン 角川武蔵野ミュージアム
電話 04-2003-8717
http://www.kadokawa-zaidan.or.jp/
発　売　株式会社 KADOKAWA
〒102-0071 東京都千代田区富士見1-12-15
電話 0570-002-301（ナビダイヤル）
https://www.kadokawa.co.jp/
印刷製本　中央精版印刷株式会社

ISBN978-4-04-884363-8
C0092